CONNULLY BRANCH

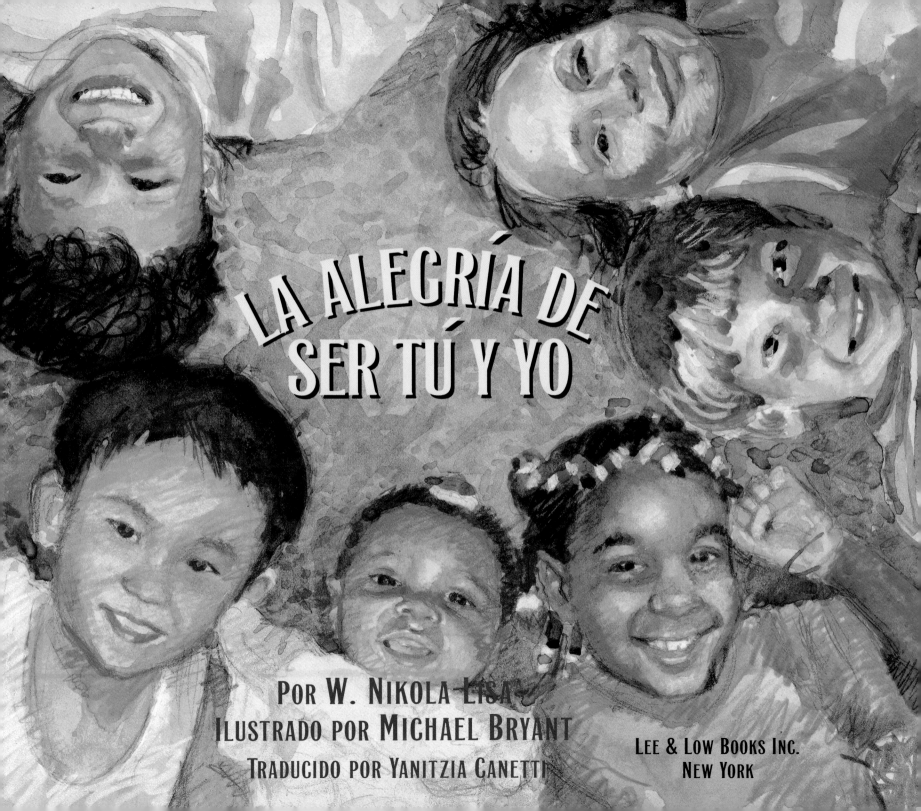

LA ALEGRÍA DE SER TÚ Y YO

Por W. Nikola-Lisa

Ilustrado por Michael Bryant

Traducido por Yanitzia Canetti

Lee & Low Books Inc.
New York

Printed in Hong Kong by South China Printing Co. (1988) Ltd.

Book Design by Christy Hale
Book Production by Our House

The text is set in 16 point Bodoni
The illustrations are rendered in watercolor and colored pencil
10 9 8 7 6 5 4 3 2 1
First Edition

Library of Congress Cataloging-in-Publication Data
Nikola-Lisa, W.
[Bein' with you this way. Spanish]
La alegría de ser tú y yo / por W. Nikola-Lisa;
ilustrado por Michael Bryant; traducido por Yanitzia Canetti.
p.   cm.
Summary: A playground rap that introduces young readers to
how people are different yet the same.
ISBN 1-880000-35-0 (hardcover)
1. Ethnic groups—Juvenile poetry. 2. Children's poetry,
American—Translations into Spanish.
[1. Ethnic groups—Poetry. 2. Brotherliness—Poetry. 3. American poetry.
4. Spanish language materials.]
I. Bryant, Michael, ill. II. Canetti, Yanitzia. III. Title.

[PS3564.I375B4518 1996]   95-52980
811' .54—dc20   CIP

acc. 12-96
CONNOLLY

A la belleza de las personas,
y a esa maravillosa niñez—W.N.L.

A mi esposa, Gina,
y a mis hijas, Kristen y Allison,
cuyas risas y gorjeos me hacen
recordar la alegría de la niñez—M.B.

Oigan todos, ¿ya están listos?
¡Síiii!
¡Vamos a chasquear los dedos!
¡Qué comience el zapateo!
¡Y canten todos conmigo!

¡Ay, ay, ay, ay!
¡Vamos a cantar!

Ella tiene el pelo lacio.
Y él tiene el pelo con rizos.
¡Uy, uy, uy, uy!
¡Qué adorable,
    raro
        pero admirable!
¡Ay, ay, ay, ay!

Pelo lacio.
    Pelo rizado.
Que no es lo mismo
    pero es igual.
¡Fenomenal!

¿Acaso no es hermoso?
 ¿No es acaso grandioso?
La alegría de ser tú y yo.
 ¡Es sencillamente fabuloso!

¡Mira qué grande esa nariz!
¡Vaya, qué pequeña nariz!
 ¡Uy, uy, uy, uy!
  ¡Qué adorable,
   raro
     pero admirable!
¡Ay, ay, ay, ay!

Nariz grande.
  Nariz pequeña.
Pelo lacio.
  Pelo rizado.
Que no es lo mismo
  pero es igual.
¡Fenomenal!

¿Acaso no es fascinante?
  ¿No es acaso emocionante?
La alegría de ser tú y yo.
  ¡Es sencillamente deslumbrante!

Él tiene los ojos color café, ¡divinos!
Ella tiene los ojos azules, ¡marinos!
 ¡Uy, uy, uy, uy!
  ¡Qué adorable,
   raro
     pero admirable!
¡Ay, ay, ay, ay!

Ojos color café.
 Ojos azules.
Nariz grande.
 Nariz pequeña.
Pelo lacio.
 Pelo rizado.
Que no es lo mismo
 pero es igual.
¡Fenomenal!

¿Acaso no es increíble?
¿No es acaso inolvidable?
La alegría de ser tú y yo.
¡Es sencillamente admirable!

¡Mira qué brazos tan gruesos!
¡Y esos otros tan delgados!
¡Uy, uy, uy, uy!
¡Qué adorable,
raro
pero admirable!
¡Ay, ay, ay, ay!

Brazos gruesos.
  Brazos delgados.
Ojos color café.
  Ojos azules.
Nariz grande.
  Nariz pequeña.
Pelo lacio.
  Pelo rizado.
Que no es lo mismo
  pero es igual.
¡Fenomenal!

¿Acaso no es asombroso?
  ¿No es acaso esplendoroso?
La alegría de ser tú y yo.
  ¡Es sencillamente maravilloso!

¡Mira esas piernas largas!
¡Mira esas piernas cortas!
¡Uy, uy, uy, uy!
 ¡Qué adorable,
 raro
 pero admirable!
¡Ay, ay, ay, ay!

Piernas largas.
 Piernas cortas.
Brazos gruesos.
 Brazos delgados.
Ojos color café.
 Ojos azules.
Nariz grande.
 Nariz pequeña.
Pelo lacio.
 Pelo rizado.
Que no es lo mismo
 pero es igual.
¡Fenomenal!

¿Acaso no es genial?
    ¿No es acaso excepcional?
La alegría de ser tú y yo.
    ¡Es sencillamente sensacional!

Ella tiene la piel clara.
Él tiene la piel oscura.
    ¡Uy, uy, uy, uy!
    ¡Qué adorable,
      raro
        pero admirable!
¡Ay, ay, ay, ay!

Piel clara.
  Piel oscura.
Piernas largas.
  Piernas cortas.
Brazos gruesos.
  Brazos delgados.
Ojos color café.
  Ojos azules.
Nariz grande.
  Nariz pequeña.
Pelo lacio.
  Pelo rizado.
Que no es lo mismo
  pero es igual.
¡Fenomenal!

¿Acaso no es especial?
  ¿No es acaso colosal?
La alegría de ser tú y yo.
  ¡Es sencillamente universal!

¿Acaso no es verdad?
　Es en sí una realidad.
La alegría de ser tú y yo.
　¡Qué felicidad!

Tin marín de dos pingüé,
　cúcara mácara, títere fue.
Tin marín de dos pingüé,
　cúcara mácara, títere fue.

¡Claro que sí!

Tin marín de dos pingüé,
  cúcara mácara, títere fue.
Tin marín de dos pingüé,
  cúcara mácara, títere fue.

¡Dale que dale a los pies!

Tin marín de dos pingüé,
  cúcara mácara, títere fue.
Tin marín de dos pingüé,
  cúcara mácara, títere fue.

¡Qué así, qué así es como es!

Aunque seamos diferentes,
hoy, mañana y siempre,
únete a nosotros,
démonos las manos,

¡pues todos somos
hermanos!

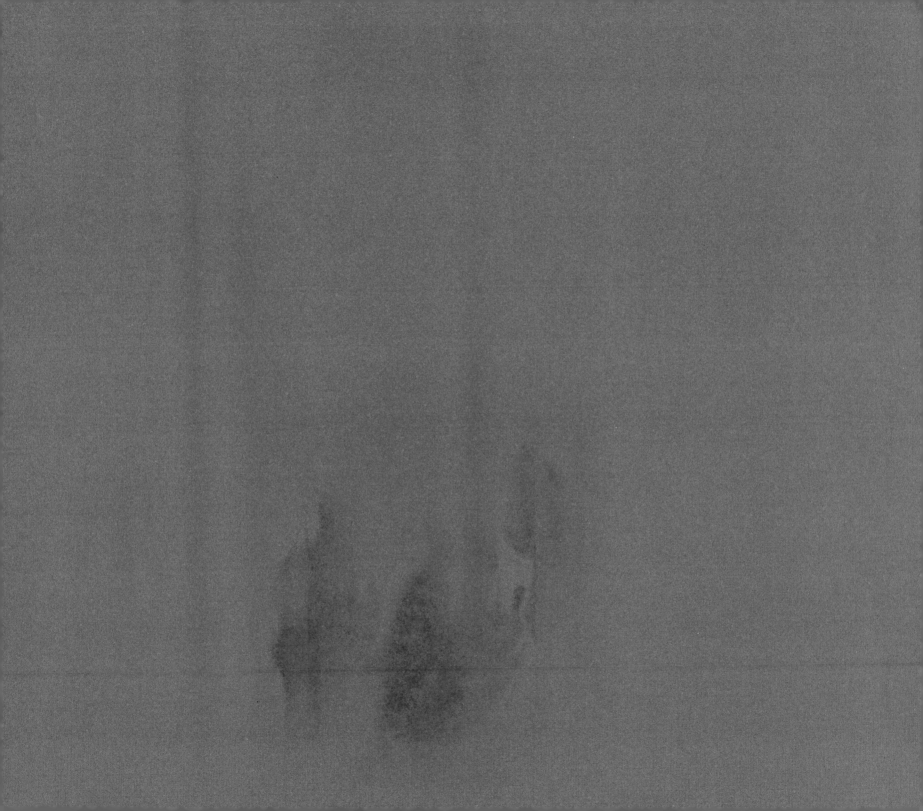